图书在版编目(CIP)数据

无名外星人 / (英) 奥利弗·阿维尔著；焦东雨译
. — 南京：江苏凤凰科学技术出版社, 2020.7 (2023.2 加印)
(天生思想家系列)
ISBN 978-7-5713-0759-2

Ⅰ. ①无… Ⅱ. ①奥… ②焦… Ⅲ. ①儿童故事－图
画故事－英国－现代 Ⅳ. ①I561.85

中国版本图书馆CIP数据核字(2020)第127296号

无名外星人

天生思想家系列

著　　者 [英] 奥利弗 · 阿维尔 (Oliver Averill)
著者代理 The Bright Agency, Bright Group International Limited
译　　者 焦东雨

内容策划 薛陆洋
责任编辑 唐　仪
视觉策划 沈　瑶
责任校对 仲　敏
责任监制 周雅婷

出版发行 江苏凤凰科学技术出版社
出版社地址 南京市湖南路1号A楼，邮编：210009
出版社网址 http://www.pspress.cn
编读信箱 skqsfs@163.com
联系电话 (025) 83657623
印　　刷 镇江恒华彩印包装有限责任公司
开　　本 889 mm ×1 194 mm　1/16
印　　张 3
字　　数 75 000
版　　次 2020年7月第1版
印　　次 2023年2月第3次印刷
标准书号 ISBN 978-7-5713-0759-2
定　　价 56.00元(精)

天生思想家系列

无名外星人

[英] 奥利弗·阿维尔 著

佳东雨 译

江苏凤凰科学技术出版社 · 南京

茫茫夜空里，有一颗没有名字的星球，

上面住着一个没有名字的**外星人**。

有时候，他只是坐在那儿，望着头顶的星空发呆。

他会好奇： 是不是有其他生命住在那些星星上面?

他会想象： 想象自己在各种各样的星星之间飞来飞去。

他想要发现其他**生命的存在**，

不管他们是什么形状，不管他们是大是小。

说不定，有的**小小只**？

有的**超大只**？

说不定，有的可以**飞**？

说不定，有的会**游泳**？

说不定，还有的走路和说话都跟他一样，
只不过**长得一点儿也不像**！

他越想越兴奋，于是决定建造一艘宇宙飞船，去寻找**其他生命**。

“轰隆隆——”

他出发去**寻找**啦！

他降落在一些星星上，

但那里**什么也没有**。

他又飞到另一些星星上，但那里又**太热了**。

有的星星**太冷了**。

有的星星太“凶”了。

恐怕没有生命能在那里存活。

他去了许多星球，都找不到**其他生命存在**的迹象。

他有些失望，又像从前那样望着星空发呆。

他开始怀疑：自己周围这个由星星组成的宇宙，

甚至他自己，是真实的吗？

是不是整片宇宙都被关在一个大黑洞里？

是不是这片宇宙的每个小黑洞里，又藏着**全新的宇宙**？

或许，有很多很多宇宙同时存在，

每一个都跟他所在的宇宙**不一样**？

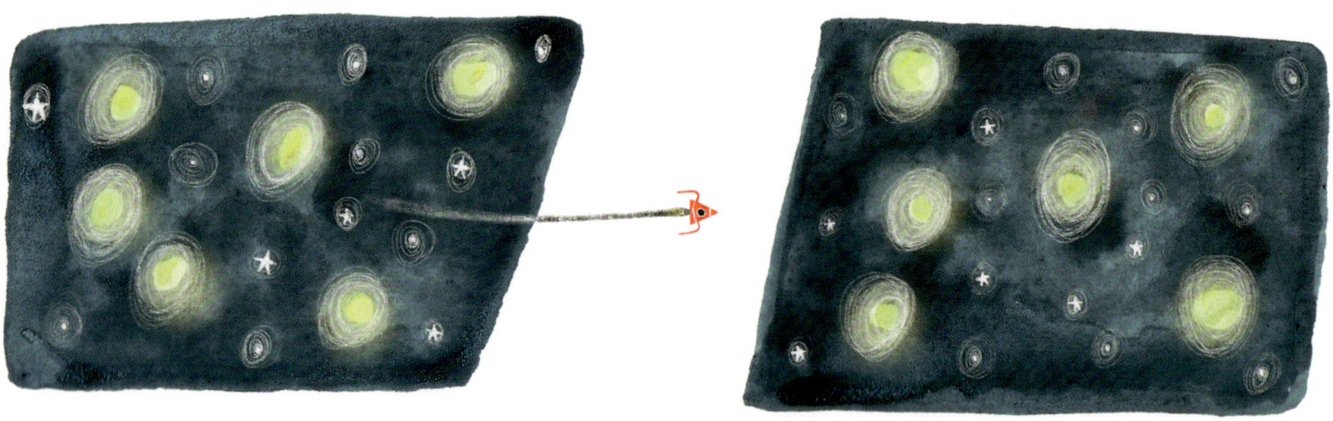

或许，还有另外一个男孩，
像他一样，也在到处寻找？

而所有这些**宇宙**，各种各样的**宇宙**，

都像**泡泡**一样，

飘来飘去？

有没有可能，

他只是存在于一台电脑里，

正被**更先进的生命**操控着，

但他却永远看不到他们？

或者，宇宙什么的，

只是……他做的一个梦？

他又累又沮丧。

什么**宇宙啊**，**生命啊**，**存在啊**，

都好无聊呀！不找了，还是回家吧。

他不再关心生命、宇宙，
甚至他自己的**存在**。

就在这个时候，
他看到远处——
有一个特别的**小蓝点**。

他飞近了一些，又近了一些。

再近了一些。

他看清楚了，

这颗星星除了蓝色，还有绿色，还有淡淡的白色到处飘着。

在这颗星球上，有的生命**小 小 只**。

有的生命**超 大 只**。

有的可以**飞**。

有的会**游泳**。

还有的，会像他一样走路、说话。

而且长得也和他一样！

他还是不能确定，

所有的这些到底是不是真的。

但他感觉自己

本来就属于这里。

这一点，他觉得**千真万确**。